# 半空的椅子

半空的椅子

若爾·諾爾——

【總序】
# 台灣詩學吹鼓吹詩人叢書出版緣起

蘇紹連

「台灣詩學季刊雜誌社」創辦於一九九二年十二月六日，這是台灣詩壇上一個歷史性的日子，這個日子開啟了台灣詩學時代的來臨。《台灣詩學季刊》在前後任社長向明和李瑞騰的帶領下，經歷了兩位主編白靈、蕭蕭，至二〇〇二年改版為《台灣詩學學刊》，由鄭慧如主編，以學術論文為主，附刊詩作。二〇〇三年六月十一日設立「吹鼓吹詩論壇」網站，從此，一個大型的詩論壇終於在台灣誕生了。二〇〇五年九月增加《台灣詩學・吹鼓吹詩論壇》刊物，由蘇紹連主編。《台灣詩學》以雙刊物形態創詩壇之舉，同時出版學術面的評論詩學，及以詩創作為主的刊物。

「吹鼓吹詩論壇」網站定位為新世代新勢力的網路詩社群，並以「詩腸鼓吹，吹響詩號，鼓動詩潮」十二字為論壇主旨，典出自於唐朝・馮贄《雲仙雜記・二、俗耳針砭，詩腸鼓吹》：「戴顒春日攜雙柑斗酒，人問何之，曰：『往聽黃鸝聲，此俗耳針砭，詩腸鼓吹，汝知之乎？』」因黃鸝之聲悅耳動聽，可以發人清思，激發詩興，詩興的激發必須砭去俗思，代以雅興。論壇的名稱「吹鼓吹」三字響亮，而且論壇主旨旗幟鮮明，立即驚動了網路詩界。

「吹鼓吹詩論壇」網站在台灣網路執詩界牛耳是不爭的事實，詩的創作者或讀者們競相加入論壇為會員，除於論壇發表詩作、賞評回覆外，更有擔任版主者參與論壇版務的工作，一起推動論壇的輪子，繼續邁向更為寬廣的網路詩創作及交流場域。在這之中，有許多潛質優異的詩人逐漸浮現出來，他們的詩作散發耀眼的光芒，深受詩壇前輩們的矚目，諸如鯨向海、楊佳嫻、林德俊、陳思嫻、李長青、羅浩原、然靈、阿米、陳牧宏、羅毓嘉、林禹瑄……等人，都曾是「吹鼓吹詩論壇」的版主，他們現今已是能獨當一面的新世代頂尖詩人。

「吹鼓吹詩論壇」網站除了提供像是詩壇的「星光大道」或「超級偶像」發表平台，讓許多新人展現詩藝外，還把優秀詩作集結為「年度論壇詩選」於平面媒體刊登，以此留下珍貴的網路詩歷史資料。二〇〇九年起，更進一步訂立「台灣詩學吹鼓吹詩人叢書」方案，鼓勵在「吹鼓吹詩論壇」創作優異的詩人，出版其個人詩集，期與「台灣詩學」的宗旨「挖深織廣，詩寫台灣經驗；剖情析采，論說現代詩學」站在同一高度，留下創作的成果。此一方案幸得「秀威資訊科技有限公司」應允，而得以實現。今後，「台灣詩學季刊雜誌社」將戮力於此項方案的進行，每半年甄選一至三位台灣最優秀的新世代詩人出版詩集，以細水長流的方式，三年、五年，甚至十年之後，這套「詩人叢書」累計無數本詩集，將是台灣詩壇在二十一世紀中一套堅強而整齊的詩人叢書，也將見證台灣詩史上這段期間新世代詩人的成長及詩風的建立。

若此，我們的詩壇必然能夠再創現代詩的盛唐時代！讓我們殷切期待吧。

二〇一四年一月修訂

# 說故事的人
## ——我讀若爾・諾爾散文詩集《半空的椅子》

李長青

研究散文詩的著名學者陳巍仁曾論及，「相對於其他地區的華文散文詩，台灣散文詩可說極具辨識度。當大多數散文詩還受困於文類辨識的灰色區域時，台灣散文詩卻迅速在『詩』的隊伍站穩了地位（下略）。」足見散文詩在台灣，面貌清晰，風格特具，文類的形式表現幾臻熟成，確實已散發相當程度的光能與熱力。

此外，近來似乎也有越來越多的散文詩寫作者們，都對散文詩抱持著以下想法：散文詩（越來越）不需要定義，或者，也不適合（被）定義。

對此，我個人深表贊同，也認為散文詩的面貌，及其發展，仍有許多未知的可能，等待被寫出來，被閱讀，與被理解；尤其二〇一七年八月《躍場：台灣當代散文詩詩人選》（九歌版）問世後，我們看見了更多關於散文詩寫作者的詩觀，其中，可發現不少詩人對散文詩的想像與描述，仍處於不斷試驗、不斷修正的現在進行式，也就是說，散文詩這個文類依然很新，依然有著變化的契機，依然擁有新的可能與新的樣子。

可以這麼說：散文詩可能還沒也無需「定型」下來。

正如文學作品文類的區分，越來越不那麼需要／重要了。「形式」本身，許多時候往往就能宣告作品的完成；學者丁旭輝在談及散文詩時，曾引述形式主義文學論者所主張的：「形式是一定內容的表達程序」、「這形式貝爾（Clive Bell）稱之為『有意味的形式』，蘇珊・朗格（Susanne. K. Langer）則稱為『有表現力的形式』，每一種形式本身，都表達了獨一無二的內涵（下略）」等見解，用以說明「形式」本身，同時也就完成了作品。

綜上所述，散文詩的閱讀與書寫，遂仍充滿著無限可能的創新意義。而閱讀若爾・諾爾的散文詩，若能放在這樣的認知脈絡之下，便顯得格外具有意義。若爾・諾爾的散文詩，在我看來，至少擁有以下六點特色：

一、若爾・諾爾的散文詩，混融了當代不同地區的華語慣用詞彙，因而有了一種對台灣讀者來說，甚是新鮮的陌生感。

例如本書作品中出現的「給力」、「軟件」等詞，明顯屬中國大陸地區用語，這應與若爾・諾爾美籍華裔的成長及學習中文的背景有關，也與若爾・諾爾長期關注並閱讀中國大陸地區的散文詩作品有關。因此，語言文字的「交混」（hybridity）與挪用，便自然出現於若爾・諾爾的散文詩文本裡，展現了跨地域的特質。

二、若爾・諾爾的散文詩，表現了當代女性自覺或隱藏的女性書寫意識。

例如本書作品中的〈命根〉、〈歧義〉、〈藉口〉、〈告別單身趴〉、〈孕事〉等，都有著女性書寫的特質，甚至呈現性別差異的意圖；儘管若爾・諾爾曾經表示，希望個人給讀者的印象是中性的。

本書觸及較多此類議題的作品，大多集中在「男・女」一輯中。〈命根〉裡的「她」，成功逆轉了「他」對「她」所設下的陷阱（羞辱、懲罰），此後過著快樂自足的生活；〈命根〉揚棄了陽具與陽具崇拜，打破了陽具文化的慣性思維。

〈歧義〉表現了女性做為性別主體的感官持有人／所有人時，不必再將依賴／取悅男性當成第一要務，無論是性愛關係，或是日常生活的相處，都要正視並且保有自身的需求，允許歧義的存在，而能做一個完整的「人」。

〈告別單身趴〉以女性體育老師，跟姊妹淘在告別單身趴裡一起狂歡看猛男秀，卻忽然想起平日最常勉勵學生「體育精神」的四字「箴言」，做為對自身慾望之欲貫徹始終，最有力／利的暗示，與支持。

〈孕事〉將懷孕凸出的肚子形容為「把交歡的證據大方的纏在腰間」，暗示兩性相愛交歡的苦果卻由女性獨自撐持，而且「心血來潮就陣痛一番，呼喊疼惜的手，來撫摸罪的化身。」經由陣痛的不時提醒，告訴自己也同時呼告讀者，這樣具體而真實的「罪」，只讓女性承受，顯然不公平。詩末更是直接道出「她痛恨這種無助，哀求上天把這獨特之權，交給要傳宗接代的男人」的心聲。

三、若爾・諾爾的散文詩，擁有濃厚的故事性。

本書作品，幾乎都以說故事的方式呈現，且內文中不乏各種角色，互動交鋒，可謂精彩。這或許是源自散文詩必須以散文的敘述句來做表現的關係。

因此，在這些時而情節豐富（例如〈結局〉、〈女同事〉、〈他的抱抱〉、〈電椅〉、〈搶位子〉等），時而想像奇詭（例如〈夾夾樂〉、〈演變〉、〈市場三部曲〉、〈無意象〉、〈新斑馬線〉、〈口罩〉等）的許多則故事中，讀者可以感受到類似極短篇、最短篇、小小說、微小說或是「奈米小說」的閱讀樂趣。尤其〈無意象〉裡的「劇情設計」，以及〈新斑馬線〉詩中的動作鏡頭與畫面感，都有讓人稱奇之處。

四、若爾・諾爾的散文詩，多以旁觀者口吻敘述，彷彿事不關己，卻又能在漸層推演之中，於詩末呈顯出題旨所在。

　　關於這點，幾乎可以說是「因」著若爾・諾爾散文詩中濃厚的故事性，進而產生的效「果」，同時，也形成本書普遍的敘事結構；本書中像是〈鄉愁〉（「有一個人經年累月背著鄉愁，漸漸駝背了。」、「從此，他被繁殖的鄉愁重重包圍，再也走不出去。」）、〈快餐文化〉（「他們步步逼近，揚聲要剝光代言人的毛，使他變成一隻勞動階層的雞！」）、〈公車上〉（「黃皮膚少婦是個靦腆的外籍人，當她撩開移民過來的乳房時，不小心把動詞和名詞混亂了，兩頰的紅暈回不去原來的白皙。」）、〈內衣習俗〉（「他們通過沒有意義的會議，討論布料的軟硬，還指定妥協時可以安全觸碰的層面。」）、〈紅〉（「她割腕三次不遂，卻明白了一個道理。原來，血的顏色是會變的。」）、〈寬容〉（「煮炒之間，飛不出蒸氣的蒼蠅撲倒在鍋鏟上，反面一炒就不見了。」）、〈剩女〉（「這貼心的男神，使她終於忘記心底有個缺口。」）等文本，都具備這樣的特質，讓人讀後印象深刻。

五、若爾·諾爾的散文詩，企圖創新表現方式，以豐富文本內容。

例如本書作品中的〈藉口〉與〈營養配方〉，都特意使用了條列式，適當嵌入文本內容，讓散文詩的敘述方式產生變異效果，形成特殊形式，讓人驚豔。試看〈營養配方〉裡的創意條列：

材料：

一句　真情　（a）
半句　假意　（b）
一份　溫柔　（c）
半份　淫蕩　（d）

體貼（$X_1$）、潑辣（$X_2$）、撒嬌（$X_3$）　各適量
甜分（$X_4$）、醋意（$X_5$）　隨口味

做法：

（1）將所有材料調和均勻，即成愛汁。$Y=a+b+c+d$
（2）用真情濾過假意，別蒸得太熟。$Y=a-b$
（3）體貼別切得太薄，用來裝飾。$Y \propto X_1$，$Y=kX_1$；$k$=定數
（4）潑辣攪拌均勻，待他犯錯時備用。$Y=X_2+C$；$C$=常數
（5）撒嬌混合甜分，購買貴重物品時用。$Y=2X_3+X_4$
（6）溫柔串上淫蕩，別烤得太久，造愛時拌入。$Y=cxd$

小訣竅：

他發脾氣時，記得降溫。

吃剩必須丟掉，不可冷藏。

六、若爾・諾爾的散文詩，試圖以組詩加長並挖深散文詩的表現方式。

本書作品中的多首組詩，例如〈充氣娃娃〉、〈鄉愁〉、〈婚姻生活〉、〈告別單身趴〉、〈女同事〉、〈演變〉、〈麵的喻意〉、〈市場三部曲〉等，均加長了散文詩單篇文本既有的篇幅，同時也拓展了散文詩對於單一主題、命題或議題的討論深度。

此外，就上述以組詩來加長並挖深散文詩的表現方式此功能性而言，輯四的〈捷運上〉、〈公車上〉也可作如是觀；輯五的〈入位〉、〈讓位〉、〈上位〉甚至〈搶位子〉亦同；而輯六的〈奶奶鞋〉、〈蹦極鞋〉與〈高跟鞋〉也是。

最後，我認為本書中尚有不少作品都值得整首提出來討論，例如〈訪客〉，彷彿就是與商禽名作〈長頸鹿〉的互文之作（或是致意之作），文本裡的那隻長頸鹿，依然扮演關鍵的角色；〈螞蟻上樹〉則有著蘇紹連散文詩讓人印象深刻的「驚心」風格，尤以「竟然是媽媽的白髮在地上蠕動」一句，最為經典；〈恆星〉裡巧妙安排的倒敘結構，讓人思索生命與親情的意義，詩中的「墓碑」，不但是詩中重要的「意」，同時也是使人感到悲傷沉重的「象」；〈鄉愁〉堪稱精緻的組詩連作，有效鋪展並層層加重了「鄉愁」的重量；〈兩隻老鼠〉談的是人與科技微妙的互動關係；〈快餐文化〉既有幽默口吻也有沉重的諷刺。

綜上所述，不難發現若爾·諾爾的散文詩，確實有著引人入勝的可讀性（例如〈女同事〉裡的「絲瓜蛤蜊」一節，形容素敏「有中學老師的氣質，說話不必多加修飾，也能贏取信任」的具象比喻竟然是：「試想一條不浪漫的絲瓜，能搭上一盤蛤蜊，並說服牠們打開外衣，一起赤裸殉情。素敏就有這樣的本事。」豈不妙哉？）以及布署於詩中透過暗喻、轉化與象徵系統，所欲表現的文學性。若爾·諾爾的散文詩，用自己的語氣，說著自己想說的很像是寓言的故事，常有魔幻、跳躍的情節，當中還帶著些許神祕的色彩，值得一讀，我非常樂意為讀者推薦這本散文詩集，是為序。

李長青　二〇一七·九寫於台中

# 目次



## 輯一　物・語

# 輯二　男・女

## 輯三　心・意

## 輯四 見・聞

## 輯五 坐・姿

# 輯六　步・履

# 輯一

## 物・語

# 恆星

我躺在屋後的山丘上，安靜地凝望繁星懸滿一網穹蒼。一顆皎潔的星星向我眨眼，好像是媽媽含笑的眼睛。想著想著，迅刻間眾星如狂雨般墜落！眼看就快灑滿我身，我還來不及呼叫，這團星磁「唰」地一聲，把我整個身體吸起來拋向深沉的黑空！

恐慌和嘶喊中，我閉眼忍著眼球快速膨脹的痛楚。也不知過了多久，當我睜開眼睛時，我看到媽媽躺在屋後的山丘上仰望天際。在浩瀚的銀河下，我們在山丘上並排的墓碑還是好好的，沒有被殞星擊毀。

# 鄉愁

## 一、繁殖

有一個人經年累月背著鄉愁，漸漸駝背了。駱駝看見了說：「讓我來背吧！」於是，這人牽著駱駝行走，不捨得放開包袱。越過幾個沙漠，駱駝加上鄉愁的重量，越來越重，他的手臂再也拉不動。飛鳥看見了說：「讓我來牽吧！」於是，飛鳥銜著鄉愁，連同那不肯放手的人一起飛到高空上。

飛呀飛的，鄉愁逐漸被飛散了，紛紛落在不同的土地上開花結果。飛鳥說：「看哪！這景有多美呀！」那人往下看，什麼也看不見，心一慌，就從天上掉下。從此，他被繁殖的鄉愁重重包圍，再也走不出去。

## 二、理想

鄉愁到外地尋找理想，來到一個陌生地，走累了就在一棵粗壯的榕樹下睡覺。不知過了多久，一群操著外地口音的鳥群把他喚醒，鳥兒絢麗的羽毛，在陽光下閃著奪目的光輝。

鄉愁為了討好牠們，跟著鳥群飛翔，漸漸掌握了鳥語。啁啾了好幾季，鄉愁身上長出艷麗的羽毛，因為忘了原來的名字，他索性把自己叫做「理想」，在沒有方向感的樹下紮根。

## 三、香綢

我離家那年，媽媽用香料釀製一種上等的綢布，縫紉成一件香綢。一穿上便可嗅到茴香、丁香、月桂、麝香草和花椒。這些香料不但散發持久的芬芳，還可增進食慾，對矯治也很有幫助。

從七歲一直到現在，我身上這件香綢一直都合身。每逢過年過節想家時，穿上它便能走進媽媽釀製布料的小房間，香味瀰漫空間。媽媽微笑問：「還習慣嗎？」

今天穿在小孩身上，他說：「還好。」雖然袖子有點短，但還擋得住大風雨。

# 腹語

一隻魚壓低抬起的目光，從池邊游過來盤算我的心事。那時我正用一個瓶子，伏身裝下水的腹語，準備說給魚聽，想把這裡的魚都誘上來。然而魚閃著色晶瑩的鱗片，趁我困惑那刻吞下我的腹語。腹語交換腹語，在不同深度裡，我們游向自己的目標。

# 螞蟻上樹

婚後不到三個月，他就想念母親的拿手好菜：螞蟻上樹，於是妻特地下廚準備他心愛的菜餚。

他們在樹下安靜地吃著螞蟻，這時母親打電話來，他握著聽筒，螞蟻順勢爬入他的耳朵，爬進喉嚨，再進入食道。

掛線後，他失去胃口，不知怎的吐了一地的粉絲，俯身一看，竟然是媽媽的白髮在地上蠕動。妻趕緊來清理，粉絲迅速在他和妻之間往上攀藤，築起一道半透明的竹籬。周圍都是螞蟻，妻說：「我們搬家吧！」

他望著妻，滿腹的螞蟻在騷動。

# 換場

他喜歡挑逗魚缸裡的金魚。狹窄的玻璃缸裡，水泡眼跟著身體晃動，被泡膜擠得望上朝的眼睛不停顫動，似如雨中的燈籠，每當搖動就漏出潮濕的祕密。魚缸上的天空一片廣袤，但眼裡只有自己的金魚恣意游來游去，在缸內繞過半輩子卻不曾看他一眼。

這天他終於忍不住，決定刺破那無知、薄大的軟泡。他用一支竹籤對準金魚的泡眼戳一下。瞬間，泡眼裡的水嘩然溢出魚缸，在室內翻騰出一片海。

他溺死在金魚缸裡，眼睛紅腫成兩盞大燈籠，他這才明白，透明也是一種負擔。

# 訪客

每晚，那長頸鹿深邃的大眼睛，在高高的鐵窗外凝視他，藉著月光和一潭淚水，靜靜敲擊罪惡的礁石。這唯一探訪者炯炯的眼神，解放了牢裡孤獨的陰影。

從監獄釋放出來後，他終於自由了！每晚，他在房裡踱步，等候玻璃窗外的探訪者。等呀等的，總是不見牠的身影。他的脖子日漸變長、拉高，有一天，居然衝破了屋簷！

他這才發現在屋外，長頸鹿的脖子已經縮短了！

# 兩隻老鼠

一隻只會用手寫字的鄉下鼠，懇求滑鼠教牠使用電腦。

滑鼠說：「啊，那還不容易？找個人領養你就行了！」

幾個月後，兩隻老鼠再次碰面。滑鼠驚訝的發現，在網上忙碌耕種的鄉下老鼠，已經在短短的時間內，掌握了遙控的本領！這次，輪到滑鼠請教鄉下老鼠了。

鄉下老鼠說：「那還不容易？訓練領養你的人，不再用手寫字就行了！」

# 無意象

一群象走入森林，發現四周沒有景物。

小象：「真空洞，這裡什麼都沒有！」
大象：「我好像看見什麼，卻又好像什麼也沒看見！」

正當他們議論紛紛的時候，另一群象走入叢林，分別驚呼起來：

「哇！好大的森林！」
「好高的樹啊！」
「好壯的樹根！」

兩群象面面相覷，然後會心的笑起來。

# 快餐文化

一群人在肯德基店外抗議，不滿他們吃下的是文盲雞，削弱了思考的能力。

抗議者聲稱，肯德基的雞接受激素催生，迅速長大後立即被炸，短短的一生無法領受生命的意涵，更不必說接受最基本的教育。因此，大家吃下的是沒有學問的雞，抗議者一邊大嚷一邊搖晃著標語牌，誓言為負面影響找一個停留的位置。

肯德基的代言人說，快餐是響應生活節奏的省略品。死前不必要的負擔都要省略，才不浪費生命。抗議者聽後更加激動，他們步步逼近，揚聲要剝光代言人的毛，使他變成一隻勞動階層的雞！

# 新斑馬線

在車流熙攘的街道，黑白交叉的斑馬線伸延到路的盡頭，使到一隻斑馬走過時產生錯覺，以為同類被車子輾斃，懼怕得全身發抖。無法及時煞車的多輛車子，連環撞死站在斑馬線中間的斑馬。

另一隻斑馬看見了說：「斑馬線不安全」，於是選擇在沒有斑馬線的地方過馬路，結果也給車子撞斃。

斑馬線感嘆自己的存在沒有意義，躍身向草原馳騁而去。

還沒有過馬路的另一群斑馬，看到這情景頓時驚慌起來，相繼撲倒在馬路上，變成了黑白交錯的斑馬線。

# 輯二

## 男・女

# 抽象畫

她躊躇於街頭藝術廣場，因飢餓勒緊了腰帶，又因為渴，親吻了一個男人，引入自己的畫裡，兩條光滑輕軌的下端，體內的訊號若隱若現。

男人撥開她寬扁的乳頭，一對失去營養的蛋黃瞪著他，調色盤裡的蛋清，濺出一幅猥褻的抽象畫。那流動性的線紋，刻畫蛋清裡沒有蛋黃的人生，奴隸繁殖了奴隸。

# 歧義

你說最深的那道溝在兩峰之間，那裡有激流和瀑布，有蟲吟和鳥鳴，是你嬉樂之地。我不想告訴你，深溝在我眉宇之間，那裡蘊藏地下水，蝸牛沉重腳步的迴響，是我憂傷之祕處。

我們不必認同，山有多高水有多深，你爬出谿壑的時候，我還在幻想，沒有出現的美景。

# 命根

羅嫚曾問他的褲襠裡怎會有一支口紅，而且是她見過最細緻的，咯咯的笑聲，冷卻了浪漫的火苗。

一氣之下，他在羅嫚體內置入一個望遠鏡，要她只能仰望未來，永遠記住細小的強悍。他想，一輩子的羞辱，是最給力的懲罰。

羅嫚產下一男，從此與女伴過著幸福快樂的生活。

# 充氣娃娃

## 一、報恩

校長，我已經跟右手離婚了，而且再沒有新女友。

妳曾當眾羞辱我，但我還是會把妳當寶貝。

妳不讓我升職，我不記仇，我給妳贖罪的機會。我要在妳額上滴下顫抖的汗珠，讓妳白天時記起夜晚翻轉的空氣，一打落，就能鋪成夢遺的屋頂。

我對妳熟悉的臉龐吹氣，這是咒語，一旦有足夠的呼吸，妳就可以借來心臟和眼睛，跟我一起步入教堂，交換愛的枷鎖。

註：2017年3月26日《每日星報》報導：英國人工智慧專家大衛・李維指出，廠商很快就能接受客製化訂單，生產具有熟人外表的性愛機器人。

## 二、人性

沒錯，我變了。你的女人改變不了的，我能。

容光煥然就別提了，我變得更精明，能打開你心裡的結。

不論在床上、沙發上或長桌上，隨時隨地，我矜持地翹起小腿，攝錄你的心情，辨析動與靜的意義。我塑膠的體質，彈性和堅固成一體，用一句話、一個詞，甚至一個手勢，便能打開密地的隙縫。

我的轉變是正面的，你會因為我的人性，而改變人生。

註：美國RealDoll的執行長麥特．麥克馬倫在2017年4月4日結合人工智慧，推出第一款擁有情感的性愛機器人Harmony，共包括天真、害羞、嫉妒、聰穎等十二種性格任顧客挑選。

## 三、幸福之家

生產後，妻拒絕跟他造愛，長期強求不遇，他決心改善性枯乏味的生活。

一番深思熟慮後，他把一個嬌美的女娃帶回公寓，她是撒旦遺棄的女兒，收集世上放逐的紅，在夜裡盛放成一朵紅玫瑰。

妻和女兒大怒，謾罵聲轟炸四面牆，但沒裂開委屈的飯桌，只打砸兩個女人的心，三人還在同一個桌面用餐，同一室內交換爭執的口吻。

而今長大的女兒，借穿女娃的衣服，日子平靜得聽不見漏水的水龍頭，正釋放一點一滴的危機。妻默默做家務，丈夫在小房間裡為女娃脫下反穿的豹皮外套，飢渴的手消費一身的月光。

註：2017年6月30日網路新聞報導：日本男子尾崎正幸（Masayuki Ozaki）跟充氣娃娃、妻子和女兒同住一個屋簷下。

# 吸管

談戀愛的時候，他們就開始為吸管的形狀而爭吵。他喜歡彎式，中間有伸張的褶紋，可隨意彎曲來迎合嘴唇的距離，而她，非筆直的一概不用。

吵吵鬧鬧了幾年還是結婚了。起初，低頭或抬頭喝水，互不干涉。有一天他無聊，隨手檢查褶紋的柔韌性被她發現了，她拿起剪刀衝過來，發現吸管捲縮著裝死，他氣急地把外層的水痕抹乾。

打翻了飲料，誰也沒有心情再喝下去。從此，兩人低頭喝水，各懷心事。

# 藉口

為了節省房租，他們在博班時開始同居。不久後，她開始厭煩幾乎每晚他提出索愛的要求。於是她列出以下的藉口，但願能清靜兩週，不被騷擾的睡覺：

一、來月經
二、趕論文報告
三、等過兩天就是安全期更爽
四、統計軟件掛掉，急死了哪有心情呢
五、頭疼到就快爆炸
六、今晚等媽的長途電話
七、要不你自己玩一下

她用眼神和委婉的說服力，變換使用以上的藉口，用到了最後兩個時，她發現已經有了兩個月的身孕，而他對她，已失去性趣。

當問題不再是問題，新的問題不能變成舊的問題的時候，她突然餓了，只好把藉口吞進肚子裡。

# 結局

洗衣時，她發現丈夫的衣領有唇油，淡淡的油痕抹在後頸那裡，唇油一沾水即蔓延開來，露出耀眼的光澤。鏡子裡的她，跌落死守在屋脊上的瓦。

結婚才七年，房子已被住舊，人也老了。她決心把泛白的牆變成狂野，在敦素的腮上撲點胭脂暈，心想美好記憶必有死灰重燃的機會。

丈夫下班回來時，她已換上鮮麗的衣裳，茶几上吃掉火焰的蠟燭砰一聲跳出來，在她的肖像上戳印一天的盡頭，來不及跟她說，他把癌症報告當冥紙那樣燒掉。

# 寬容

結婚多年，他最享受的，就是她的廚藝。

枯燥的日子他容易不安。碗裡的飯盯著鍋子裡彈跳的豌豆，熱量比勺子裡的補湯，還多了一種踏實感。飯後他不忘漱口兩次，使浮滑的詞藻更有力量。

她總會在他愛吃的那幾道菜裡，多加一點點鹽，化開他的胃口。煮炒之間，飛不出蒸氣的蒼蠅撲倒在鍋鏟上，反面一炒就不見了。

吃吧，她微笑地為他夾菜，臉頰的油彩在調味的祕方下亮麗。

# 婚姻生活

她們在大學時期便成為好朋友，結婚後今天第一次有機會茶聚，暢談婚後近況和在家裡所扮演的角色等。

## 一、冰箱

冰肌玉骨的冰冰，與丈夫分房後，身上多了幾份寒意。獨睡在沒有男人的冷房裡，器官經過長期的冰凍，逐漸收縮了擊破冰山的奇想。

婚姻的前坡是雪，後坡也是雪，越走越冷，越走越遠，眼淚在冰裡滴不出來。唯一的好處是在沒有雜念的世界，收心養性之餘，也意外的凍了齡，冰冰苦笑，唇角沁涼的翠窩仍舊迷人，冷靜地保鮮。

## 二、電風扇

姍姍和老公都是急躁的人，吵鬧時空氣一僵就上火了。經婚姻輔導師的調解，他們買了一個電風扇，奇妙的是雙方的脾氣居然消失了。

家裡的空氣一流通，不稱心的彆拗便偽裝成碎紙，吹到角落頭，安靜地被風乾。扇葉旋轉下，姍姍的長髮被打扮成嬌嫩的羽毛，拂起戀愛時的清爽光景。最近他們領養了戴森，在無葉、無噪音的氣氛下，涼絲絲的細胞一天到晚喜悅的飛舞。

## 三、電視機

奉子成婚後，雅雯的生活一直被框在電視機裡。從彩色到高清，雅雯恨不得接收，全世界的養育之道和各地的心靈雞湯。什麼樣的疑問，遙控一下主播就來到面前，為她築起知識的牆。

因此雅雯不出門，也能知道核能和癌症的親屬關係，哪個候選人有出賣國家的可能。她從偶像劇的演員那裡得到指點，利用隆胸罩和翹臀褲，心情好時就把自己的男人電個半死。

## 四、洗衣機

天生有潔癖的曉白，婚後就跟先生立法三章，汙化的觀念得扔進洗衣機裡，讓它們在肥皂水裡攪拌，翻滾出嶄新的面貌。淨化過的想法很又快被社會弄髒，還好新購的洗衣機可以殺菌，汙垢脫水後不留痕跡。

曉白的潔癖對先生的事業，有正面的影響。他白皚的襯衫，散發芬芳的人氣，連續幾年獲得最佳員工獎。

# 營養配方

婚變後，她決定為下半輩子調配一道營養愛情，其獨特配方是：

材料：

一句　真情　（a）
半句　假意　（b）
一份　溫柔　（c）
半份　淫蕩　（d）

體貼（$X_1$）、潑辣（$X_2$）、撒嬌（$X_3$）　各適量
甜分（$X_4$）、醋意（$X_5$）　隨口味

做法：

（1）將所有材料調和均勻，即成愛汁。$Y=a+b+c+d$
（2）用真情濾過假意，別蒸得太熟。$Y=a-b$
（3）體貼別切得太薄，用來裝飾。$Y\propto X_1$，$Y=kX_1$；k=定數
（4）潑辣攪拌均勻，待他犯錯時備用。$Y=X_2+C$；C=常數
（5）撒嬌混合甜分，購買貴重物品時用。$Y=2X_3+X_4$
（6）溫柔串上淫蕩，別烤得太久，造愛時拌入。$Y=cxd$

小訣竅：

他發脾氣時，記得降溫。

吃剩必須丟掉，不可冷藏。

# 女同事

董事長要他挑一位職員，去開發國外的市場。望著手上女同事的名單，他得評估誰將是最合適的一道菜，來滿足談判的胃口。

## 一、宮保雞丁

不論面對怎樣的客戶，筱慧懂得依照他們口腔的氣味，把偏辣或偏花椒的下屬，剁成雞丁，加上適量的調味醃妥，炒至辛香後，順利開啟合約的腸道。

打理雞丁與配料多年，筱慧笑說自己是花生，用來點綴或補助都行，順道把在宮裡學過的幾句四川話，用來討好說外語的客人。她精通材料的組合，零零散散的原料來到她手中，皆變成像樣的菜。

## 二、蒼蠅頭

充滿陽光的阿晶，皮膚黝黑得深不可測。男性化的她，坦言小時是個小混混，被取名為蒼蠅頭，一出現就令人矚目。

由於阿晶通曉旁門左道，辦起事來乾淨利落。把計畫書交給她，不需要豐富的資源，便能把野菜一般的困難營養化，成為容易下飯的菜。經濟和實際，在耕耘的餐桌上拿起餐具，就能填飽雇主的肚子。

## 三、絲瓜蛤蜊

素敏溫和又帶點野性的手段，為公司簽下不少合同。她說話聲音很輕，腳步踩著絲襪般的含蓄，適當時露出感性的眼神，故意顯示柔野交集的特性。

重點是素敏有中學老師的氣質，說話不必多加修飾，也能贏取信任。試想一條不浪漫的絲瓜，能搭上一盤蛤蜊，並說服牠們打開外衣，一起赤裸殉情，素敏就有這樣的本事。

## 四、東坡肉

金姊是東方的奧普拉，最大的本錢紮在腰際，那肥潤的三層肉除了顯示豐衣足食，也奠定了教主的地位。即使她一再說要減肥，又有誰會在意隆起來的部分呢？何況那是金錢的脂肪啊！

反正，跟金姊同一群組做事就一定有飯吃，全靠金姊的人脈，用味覺可以品嚐肥而不膩、甜而不黏的人生。金姊的座右銘是：別擔心裙扣，解不開是男人的問題。

## 五、肝連肉

身為董事長的女兒，珍妮自然是一塊肝連肉，大學畢業後便插手打理家族生意。經旁人指點，珍妮明白辦事得汆燙去血水，避免被指點靠肝而得寵。

珍妮的面目平凡，乾巴巴的身軀帶筋，除了嚼勁之外就沒有什麼刺激感。珍妮只好把全部精神放在事業上，一次次證明，以純淨的真身來交手，換取養分。

# 告別單身趴

## 一、準新郎

兔女郎搖身到他的鼻尖，要他研究晃動的球，可否搖醒單身漢寂寞的苔蘚？他捉住扶手，往椅背不斷後退，不敢正視花瓣上，含有自然參數的球。

身為物理學家，他測算過無數高難度的方程式，然而這一次參與畢生最荒唐的趴踢，卻無法為歡場建立理論方程。

「來嘛——」兔女郎緊身衣凸顯玲瓏的曲線，好比竄起的火焰。狂囂音樂聲中，他慶幸即將娶入門的，是一位守身如玉的女孩。

## 二、準新娘

穿丁字褲的男人拉起她的手，放到一個不安靜的小丘上。她的心立刻怦怦地跳起來，三番四次跌入隱形的坑裡。

她是體育老師，身上散發健康的氣味，對遊戲規則瞭如指掌。今晚姊妹們把她帶到一個室內體育館，看拋售六塊肌的猛男，精力充沛地表演愛的體操。

男人示範搖動的姿態，一擰一扭的，她矜持的衣扣慢慢鬆動，胸前的玉墜不小心掉落，完整地破碎。她突然想起平日對學生的勉勵語，「體育精神」這四個字。

# 演變
## ——今日讀《白蛇傳》

### 一、白蛇

好久不見許仙，晨風吹起了山腰痙攣的孕期，白蛇知道愛情的包袱已經背到了前腹。她找到一個暖和的樹洞，折騰了三天三夜，終於生下一個蛇娃。產後白蛇獨自扶養小孩，並鍛鍊站在鋒利的刀尖下，面對許仙也不再動心。

大風吹過了千山嶺，白蛇那梵淨後的鱗片，埋在山崖上生成一棵樹，還長出了結實的翅膀，在斑斕的季節裡，飛出震耳欲聾的蟬鳴。

將來，她要告訴孩子，爸爸是樹神。

## 二、許仙

人到中年，許仙對妖冶的笑容還是難以抗拒。每當桃花灼灼地搭訕，風把他們吹成相擁的姿態，緣分已遍布了原野。

許仙在意的，不是花兒流淌的線條，符不符合潮濕的氣候，而是雨後能否潑乾身上的水，免得大家著涼。為此許仙在把脈時加以用心，隔離體質脆弱的花與蝶。若是棘手，許仙則慫恿花萼揭開花莖的疤，令醜陋的後果知難而退。

## 三、青蛇

小青決定獨自來尋樂園，也不是一朝一夕的事。

她瞞著白姊姊飄洋過海，沿途尋找潤澤的花朵。山腳下有人在叫賣，蛇籠裡一隻嫣紅的小蛇不安的望著小青，小青把牠買下，繼續上路。

才走不遠就碰上採藥歸來的許仙，兩目相觸，一場馥郁的雨降下，坦然迎接踏成遠山、踏成波浪的喘息。

雨歇後，小青繼續趕路，走前向許仙要了一顆忘情丸。臨別時，她的眸子耀曳著前方愛的美景。

## 四、紅蛇

紅蛇來到凡間，本欲尋找小青，不料遇見了許仙，後者把她牽到湖邊談心。以為是白娘子換上紅衣裳，許仙心疼愛人瘦得快成仙了，這話使紅蛇多了幾分人氣。

紅蛇依偎在許仙的懷中，眼前盡是小青堅韌的鱗，湖畔周圍一片紅一片綠的，混淆在草叢裡，沒有空間能容納下蛇形。於是，她把膚衣犁開，讓許仙和小青，同時看到白裡透紅的肉身。

# 小解

## 一、坐

上帝給他站的權利，但他偏要坐。

坐著，比較冷靜，洪荒不會淹沒泉音；比較放鬆，享受每一個音符輕敲瓷碗的旋律，確保一滴也不洩漏；比較優雅，不把害臊的小弟拉出來，被四周盯上時又慌亂一場。

對講究舒適的人，這樣坐的心理是正常的，沒必要向妻解釋，更不必對外擰開議論的閥門。

## 二、站

站著，就是要為自己爭取權利。

站起來能看到滔滔流水，如瀑痴迷；能指引流水的目標，畫出沼澤；能看到倒立的自己，擁有單手操作的能力。

生理上的困境，由漏斗來解決，不需要任何人批准，只要勇於拉直體內的蛇，澆滅自始以來雄性的高原。

# 孕事

## 一、他

有了乳房，他要完成做女人的心願。

但他排隊了幾年，還是沒有辦法領養一個子宮。那委屈消瘦下來的喉結，一高興就從圍巾裡露出頭來嘲弄一番，令他煩不勝煩。新買的堅挺乳罩在晾衣繩上往下滴水，他多希望那是奶水，那他就可以把酥乳塞進飢餓的小嘴巴。

然而現在他只能順著斜坡，滾到克服越多，越不平坦的一片地形上，幻想科技和醫學的交媾，總有一天會遠遠高過腳下的位置。

## 二、她

數月前開始，一早起身便嘔吐個不停，穢物在地上噁心地蠕動和抗議。除了在傾斜的姿勢中端正對生命的看法，她不能跳到另一個性別的世界，永遠擺脫天意的折磨。

此刻腹部累積了信心，傲然聳立成一個半橢圓的山峰，並把交歡的證據大方的纏在腰間，心血來潮就陣痛一番，呼喊疼惜的手，來撫摸罪的化身。

她痛恨這種無助，哀求上天把這獨特之權，交給要傳宗接代的男人。

# 輯三

## 心・意

# 悟

走離最後一段柏油路，我把很長的路走短了。

在高處，我遇見上世紀的名詩人，他說既然來了，就應該飛高一點。我急忙躲進雲裡，堅持要越過對面那座山，才做候鳥。

名詩人搖搖頭，把一支筆扔給我，要我摸清天堂的路，否則等於白走一趟。我撿起脫鞘而出的寶劍，沒想到這裡的城市也有無數殺機。

但我不怕。前方的路，也就是詩人落腳的地方，已四面八方地醒過來。

# 下場

他困惑很久，不知如何在最美的意境裡謀殺一個詩人。想起家裡收藏的各種利器，有幾件屬於三島由紀夫，還有從國外買回來的，眾多利器在書架上低語，不亮出身分。

被領養的詩句開始吵架，聲音最大的一個從幕後走出來，拔掉猶豫的鐵釘，舉起刀子擲向前方。他的皮肉綻開，血汩汩流出，體內的樹枝開始搖晃。

翌日，網路上流傳著他的詩，有幾棵他精心栽種過的灌木，延續不到光亮的公路，只好向他默然道別。

# 紅

她割腕三次不遂，卻明白了一個道理。原來，血的顏色是會變的。

第一次割腕，流出朱紅色的血，像懺悔了一輩子上帝也無法寬恕的罪，腥羶得令她發抖。

第二次割腕，一隻水鳥突然在窗前出現，她一驚，只見火鶴紅不斷燃燒回望的脖子。

第三次割腕，血的顏色淺了很多，是目前流行的鮭紅，也是她內褲的顏色。

割在前兩條線上，她終領悟死不掉不可怕，不敢死才是笑話。低頭，一團和氣的血，被陽光映成滿江紅。

# 含羞草

含羞草被嚇著了。

一再被觸碰、被呵護，纖纖地關閉又打開，單純的妄想竟能激起青藤攀援的興趣，假想岩壁上的祭壇，或許可以裂出一條向天之路。

它悄悄流淚，膽小地承受偌大的激盪，等待陽光把身上的毒斂，曬成柔和的壁畫。

# 此刻無價

| | |
|---|---|
| 稿紙 | 家裡影印，不用錢 |
| 6B鉛筆 | 2元 |
| 投稿郵寄費用 | 10元 |

| | |
|---|---|
| 電腦 | 圖書館可借用 |
| 文學獎掛號郵寄 | 52元 |
| 自資出版詩集 | 30,000元 |

有些東西錢永遠買不到，除此之外，詩人名銜可使您達成願望。

詩人，你還在等什麼？

# 明暗法

有一種細微的光，不知如何滲入他們的肉身，從背景裡透出來接待觀賞的眼神。

他們沉溺在層次有別的光圈裡，從不同的角度，一絲一縷地拉緊光線又放鬆，以致站在他們面前的人，不知覺地墮入一個神會融合的境地。五個多世紀以來，他們一直展示身上的線條，籠罩之光澤不停調戲移動的眼瞳。至今已有千萬隻手，藉著暈塗光暉來觸摸他們的肌膚。

看，這是我們的權利，他們說，你來釐清我們的前世和今生，找出體內的訊息。你來，不要等到你被光覆蓋之後才來。

註：明暗法是達文西的繪畫技巧，利用光的線條和陰影作對比，來產生一種神祕的質感和深度。

# 年度詩選

一年來出現過的精華都擺在我面前了，他們叫我挑出幾隻像樣的精靈。

首先，我剔除囂張的詞語，接著刪除一些過分的人。再看看有沒有無聊的嘴巴，呼吸骯髒空氣、累積耳屎的敗類，一律去掉。

那些喜歡佈局，場面太過華麗，沒有實際品牌的，不看也罷。尚活在朦朧時代，或者喜歡你儂我儂的，叫人不耐煩的當然不能留下。我還扔掉一些腐爛的隱喻、憑空而來的意象。

最後我清除了一些說法，個人或族群的，不管是持著什麼理論的說法。終於，我找到跟我長得相似的魚，我們都有鰓。

我交出精靈，然後刪除自己。

# 女神
## ——比馬龍效應

他花了三年的時間，刮掉大理石的外皮，一個近兩米高的女神徐然有了生命。今天他為女神開眼，掀開蒙住眼睛的布條，霎時，女神栩栩如生，在他心中拼合了一幅相戀的圖片。

他為女神取名安娜。每天，他跟安娜談心，撫摸她散開的長髮，確保小碎花不會從長袍的花邊裡錯落開來，離開他細緻的心思。他把刀子收好，決定此生不再雕刻第二個女神。

這樣的日子過了好久，直到在美術館工作的兒子，來搬運雕像那一天，他和安娜道別時，不忘叮囑兒子：「快叫媽！」

# 夾娃娃

沒零錢了，機器不會動，玻璃內百多雙渴望的眼睛瞅著他，一片死寂。他猛力踢了幾下，娃娃驚慌地彈起又倒下，蜷縮在鬱悶得沒有一絲希望的玻璃屋裡，苦苦等待好心人來解救。

他無趣地蹓躂到鄰近的網吧，還沒坐多久，便來了幾個寂寞的娃娃。她們張開亮麗的鉗子，展示獵人的姿態。天網一開，一座座城市的圍牆裂開試探的隙罅。

他從口袋裡掏出下午夾到的布偶，往前湊向其中一個穿綠葉布裙的少女，他已想好怎樣打破尷尬，最起碼，他手中的布偶會感動面前的布偶。想到這裡，他寬闊的下頜已笑倒江山。

# 麵的喻意

連續兩晚，他做了類似的夢。夢一開始他看到一個半透明的人，從遠處的霧中走來，手上端著一碗麵，對他說同樣一句話：「涼了，快吃吧！」

醒後，他記住夢境裡每一個細節。

## 一、飢

他伸手接過一碗正在冒煙的麵，雖嗅不到香味，但看起來應當好吃，想到鄰近或許有人更需要這碗麵。

這念頭才萌生，他已踩在荒涼之地，前方是一群凋瘦、表情呆滯的人，他們有碩大的頭顱，身體卻出奇的瘦小，不對稱的比例乃造物主錯手推出的生命。

他向前，腳如鉛塊一般的沉重，走近時看到一個小孩的身上鋪滿麗蠅，牠們正享受美好的一餐。他手中的碗跌落地上，麵條向四面八方爬去，覆蓋吃風、吃雨、吃淚的沙地。

## 二、繫

接過來時完全沒有熱騰騰的感覺，他從碗裡挑了一條粗壯的，想試試看會不會燙？但還未放進口中，麵條唰一聲撲到身上，迅速爬進肚臍裡！

啊！他低頭一看，一條越拉越長的臍帶在蠢動。一陣陣暖流被輸入體內，好比靜脈注射，沒有吃下什麼，身子卻充沛十足。

另一端，母親臥病在床，她那碗麵是黏糊糊的。

# 口罩

她可以完全不脫衣服，就能把乳罩和內褲都除下，邊說邊表演給我看。我從褲袋抽出口罩戴上，預防濫情傳染給我。

果然，她用牙齒咬住衣領，雙手探進上衣和裙子裡，幾秒內就把最貼身的衣物脫下，丟在地上。我屏住氣不敢呼吸，她用眼神說已把全部的底牌攤開了，請我務必以誠相待。

我注意到脫下來的內衣，是兩個罩不住真相的口罩，彎曲的弧度足以遮羞，我們在修辭中無法把話一下子說清楚。

# 路人甲

今天沒有什麼特別，只不過剛享用了復活節午餐，聖靈一定充滿了我。孩子給我一個白色的塑料袋，裡面有明日的食物。

離開時，天空一片蔚藍，我被一男子截住問話，來不及修飾詞語，緊接著倒下的恐懼已提升到穹蒼的高度，向守護我的主招手。

你們看到了，我只是一個路人甲，剛巧碰上另一個路人甲。我的血染紅了泥土和塑料袋，我把自己捐給大地，這是食物，請你把震驚和眼淚，及時捐給我的孩子。

註：2017年4月16日在美國俄亥俄州的克利夫蘭市，一黑人男子在臉書現場直播槍殺無辜路人。

# 羅伊

> 患有憂鬱症傾向的羅伊，屢屢跟女友討論自殺計畫。那一天，他發出多則訊息，表示要採取行動。女友說時機已到，莫再猶疑：「每個人都會傷心一陣子，但最終他們還是會忘記，並繼續活下去。」

夕陽斜斜照進羅伊的車子，刺痛他的臉龐。羅伊多次想打散這光暉，但遲遲沒有動手，因他眷念斜陽，喜歡被這暖和的光糾繞。

可是米歇爾的看法不同。她認為太陽都是尖銳的，照射他們的私隱，把話題烘熱、擴散。她叫羅伊把車子開到偏僻的地方，小歇一會，醒來就到另一個國界，到時在臉書通電話要記得時差。

羅伊找到一個沒有人的停車場，把車停好後發了一則訊息給米歇爾，那時候太陽已經爬到陰世了。

註1：2014年美國18歲的米歇爾，被控以臉書訊息教唆男友羅伊自殺。案件在2017年6月上堂，法官判誤殺罪名成立。

註2：前文為米歇爾發給羅伊的訊息：「Everyone will be sad for a while but they will get over it and move on.」

# 他的抱抱

他出國寄讀的前一天，媽媽把他的童年裝進抱抱裡，裡頭有外婆的嘮叨、他愛吃的冬冬、跟哥哥爭吵的霸氣、妹妹的頑皮，還有喵喵的味道。

他把抱抱種在一個沒有光的角落，即不灌溉也不施肥，免得分心。

多年後，他猛然發現所領取的學位，居然是祕密長大的抱抱，裡頭有家人的寄託、校方的冀望、社會要求的回報、失戀和各種精神壓力。

他把抱抱扔掉。

# 輯四

## 見・聞

# 臉書

已經來到這麼一天，好多人的臉已被毀容，他恐慌的想為這現象做點什麼，但脫離不了沉痛的低迷。在群族新開闢的角頭，一片危樓的工地正在開工，吊車司機以辭彙控制天上的雲，策劃一場場迎合人心的雨季。

小雨、大雨，沒有停下來的意思，密密麻麻的成為議題的畫面。遊蕩在雨中的人都變成了義警，呼籲大家提防一篇可以煽動人心的文章。

他忐忑吐出一行詩句，原想激勵六神無主的人，老是第一個衝出來的母親卻解讀錯了。

# 內衣習俗

尖的、平的，合身或寬身的，我們講究的舒適，由穿者和對方溝通時才下定義。

有人經過，對胸器的密事好奇。他們通過沒有意義的會議，討論布料的軟硬，還指定妥協時可以安全觸碰的層面。

我們喜歡不染色，有圖標示插手的途徑、脫下面具時不翻臉的那種。凡穿防彈衣，昂起胸肌用傳教士體位談判的人，一律不歡迎。也請不要在玩脫衣遊戲時，丟下兩個錢幣來點綴善於軟硬兼施的部位。

# 夾夾樂

我張開雙腿來夾，你伸出三個指頭來插。各自吃了那麼多年，隔桌的菜越來越香。好奇的窗子一打開，我的腿馬上跨出來。

路在橋的盡頭不斷伸延，你在有腳印的地方插上時髦的觀點，我用慢火把它煮熟，香味很快就蒸發四方。

我們吃著、吃著，一陣陣風吹過桌面，時而暖和、時而陰涼。談笑間我學會你握拳的插藝，而你始終不能用兩條腿，夾出一個永恆的春天。

# 他和寵物

朋友寄來一張手機貼圖，一隻母獅懶散地舔一個巨大的陰莖，他想看清楚一點，不小心點擊到不久前拍攝的影像。

影像有點陰暗，但還能清楚看到男人推開慾念的柵欄，小羊驚慌退到羊棚的一角。男人走近，神采飛揚地起舞，在沒有旋律的空間晃得天翻地亂……。

影片中斷，他忽然想起神話故事裡，獵神熱愛的一隻麋鹿，提醒自己明天得去投票。

# 校內售賣機

學校終於安裝了一台安全套售賣機，學生們心裡的花已經開放到最大的慾望。一打開虛掩的籬笆，採蜜的蜂兒很快便飛來。

在水露間追逐野蝶的日子過了幾個學期，學長發現電線杆不遠處下面的低窪，興起討論下一台售賣機。有人豎起拇指和食指對準太陽穴「砰」一聲，有人敞開上衣，露出裸露的胸膛。

同學會表決後對校方指出，下一台售賣機，應該售賣看透人性的零件。

註：2016年1月20日《明報新聞》報導，基督教台灣浸會神學院設安全套售賣機引起爭議。

# 市場三部曲

## 一、消費者

想買一把奧卡姆剃刀，剔除周圍一切繁雜的事物，除繁就簡是為了看清楚真面目。

你給我多功能的瑞士刀，七手八腳地挖掘紛亂的念頭，挖掘美麗的陷阱，一不小心就能衝入慾望的天堂。

## 二、行銷者

為你裝飾一間房子，斑駁映上窗櫺的是滿足的夢兆，看陽光梳理盆栽的頭髮，等待慾念移到口袋指定的出口，一道虹將會從快樂的湖心升起。

我們在橋的兩端，欣賞某個數字扶正的景色，在你偏低我偏高的一個台階，各自取走對方的心血。

## 三、競爭者

我居高臨上任滿山的雲朵分開我們，幾萬個瞬間後，我用一個眼神把你攝住了。

我聳立的姿態流動在倒映的水上，水設法拴住大橋的野心，上游馬上被拉長了好幾公里。我唯有呼籲擾亂人心的蟬聲，攔截你每一個燦爛的季節。

# 養生

來找他的，一般是喜歡被虐待的人。

臉朝地，四肢癱瘓在一塊軟綿綿的木板上，他們用不同的口氣哀求：「用力！大力一點！」。

他是有求必應的人，生存之意在十根手指搓揉之間，辛勤榨出勞苦的汗汁。每一天，他用力，更用力，陷入了肉體與夢想廝搏的沼澤。

小房間裡燈光暗淡的見證下，他加倍力道，在一塊無辜的浴巾上使勁，撥弄骨弦如從前在交響樂團彈奏古箏那樣，盡情激發出最高的音階。用力，用盡吃奶的力，他來回搓開骨與關節之間的糾纏，指頭都快發麻了，還能提供一種活力十足的享受。那被摧殘的手指，滲透神經裡的酸，折騰出虐者依賴被虐者嘶喊的痛快。

「對！就是這裡！就是這裡！」他們嚷著，那是力道的快感。

# 捷運上

在現在和未來之間，我搭上了最早一班北上的捷運。車廂塞滿上班族，我擠進去，在合理的摩擦下找到一個位子，跟其他乘客交換兩鬢的汗水。一車廂都是繁忙的汗珠，加上乘客們心事的重量，使到鋼軌研磨時嘎嘎地抗議。

我站在門邊，看別人閒聊、睡覺、滑手機、打情罵俏，但無法參與其中。聽到偷情者許下諾言，卻無法報信。一個挖鼻屎的人，越挖越深，挖出了現實的血，沒有人遞上拭擦不幸的紙巾。

眾多人互相包圍，我圍住他們，卻置身事外。我們同路，很快就會錯開，各自上路。

# 公車上

一名少婦在公車上敞開衣襟，旁若無人地把奶頭塞入嬰兒的小嘴裡。只不過是打開和吸吮兩種小動作，奶水卻淌下一車的遐想，令人措手不及。

公車行駛在小鎮顛簸的路上，每遇到不平的地面或拐口處，虛掩的瞎想便禁不住搖晃一番，蹙起堅立的眉牆。這熟悉卻久違的場景，使人心慌地憶起那遺忘的臍帶。

黃皮膚少婦是個靦腆的外籍人，當她撩開移民過來的乳房時，不小心把動詞和名詞混亂了，兩頰的紅暈回不去原來的白皙。一個青壯男子走過來，用脫下的汗衫蓋上非議。

公車繼續行駛，大家把注意力轉移到車外。

# 第三者

志明和春嬌決定抽完每一個牌子的菸，人生再也沒遺憾那時候才戒菸。

即將施行禁菸的消息一散佈，他們的肺即刻醒來，一明一閃的提示煙霧佔據的面積。這共擁的第三者，縈繞在他們的唇邊，推算恩愛的長度。

志明問：「真要跟菸攤牌嗎？」

春嬌答：「你有更好的建議麼？」

兩人默然。眼前盡是被摁滅的菸屍，在最終的滿足呼吸裡撲向極樂世界。

志明想起馬桶裡的乾冰，而春嬌懷念的則是最後一次的親密時光，一縷縷的煙霧，把戒菸的意志描出了輪廓，又籠罩成沒有輪廓的意志。

煙散了，志明和春嬌回到意志的路上。

# 脫口秀藝人

他脫口說了一個笑話，四肢受到幽默的支配，情不自禁地手舞足蹈。這時他才明白，只要面不改色的打散情節來扭曲真相，違心之論如長高的野草，在黯淡的荒原也能浮現生氣。

那次以後，陸續有人請他去表演，可笑的是他並不是一個擅長表演的人。滑稽的神態在擠眼弄眉時，黑白顛倒，烏鴉變喜鵲。興起時他以羊易牛，指名道姓的痛罵政客，逼洗錢的企業家喝垃圾水，在偷情男女的房間亮起大燈……，日常生活中無法做的事，他一上台就能隨所欲為。

台下，面對家人無法吐槽，小朋友們用他的台詞來逗他，他想笑。

# 輯五

## 坐・姿

# 入位

一張金屬椅子被搬進辦公室，放在一個日晒的角落。椅子離開桌子後，細腿堅定地支撐內心的空洞，默默留意移動的腳步。經過的人有好些被椅子高雅外表所吸引，但一坐下就感到陽光滲入金屬那入骨的熱氣，不得不彈起身離開，忽略了金屬的尊貴與持重。

他觀察辦公室的動靜已經很久了。那張他坐了十多年還沒有換過的摺疊椅，椅身早已脫漆，底部的支架也磨損不堪，移動時老發出無力的抗議。因摸熟了導熱的定義，連續數天加班後，他索性霸佔了金屬椅，從那時開始計畫如何把金屬配偶也帶進來。

# 讓位

有人在我坐過的椅子上坐下，以為我不會回來。我的椅子墊著那人的執著，在我留下的餘溫裡嘆息。

我站在旁邊，那人不肯起身，說寧可坐錯不願錯過。他為了辨識一棵樹而坐在木頭上，被壓著的椅子無法搬運過程和細節，只好散發木頭的氣味，每當更換坐姿就伸張內部的紋路。

坐著、看著，時間凋謝的森林變化莫測，那人坐扁椅子的偏執，我為此而竊竊自喜。

# 上位

自從他娶了執行長的千金，公司裡那張羅漢椅便諂媚迎人。每次走進大廳，座墊上的牡丹臉紅紅地使計奉承，一天天地，他調高眼光，視覺超越了庸俗的景象。

羅漢椅看起來堂皇但並不好坐，冷硬的板身跟不上講究舒適的時代。他曾和不同的椅子約會，使喚抄小徑的涼風，尋找風水好的坐臥之地。

如今坐久了，他硬化的臀部和軟化的羅漢椅，對換了坐姿。

# 仁慈

他請求醫生讓他安樂死。醫生嘆息，要他坐在一張安樂椅上，把體內的針，一根根挑出來。

他看見自己的影子跟著椅背搖擺，很滿足，不停的點頭。天黑下來，有人過來對他笑，把他牽走；有人放風箏地一抽一拉，將他挪進椅子的椎骨。他的腦袋還很清晰，能區別主動和被動。

安樂椅繼續晃動他的情緒，即便處於反抗與屈服的兩難之間，他仍覺得不論哪一個抉擇，都挺有尊嚴。

# 電椅

他們為我取名時爭論不休，有的強調外形的特徵，有的說內在的本質更重要。

於是我請他們坐上來，體驗一下椅背的彈性，閉眼想像這輩子、上輩子的事，也許這樣會有靈感，可以替我取個好名字。

他們的臉色變白，著魔地狂叫推辭，大喊繁冗的程序沒有必要。

室內有一股烤焦的味道，光說什麼都要有人道，人就從光裡取出無光的道理。一個個被拉扯進來，然後又被拖出去的人，他們的祕密都成熟到腐爛了，心臟四分五裂，我用電流憐惜他們。

來來回回的，已經有一百二十多年。今天，我歷經滄桑的身軀成了萬聖節的家具，世人仍舊記得我的俗名，唯有學者把我視為幽靈的古董。

# 輪椅

腳下裝了輪子，自然成了交通工具，玩龜兔賽跑時，其他椅子都殘廢了，唯有他是健壯的，去到哪裡都有人獻殷勤，也有不相識的人過來呵護一番。

維納斯用斷臂來聲援，他用輪子來申討擁抱的雙手。本該滿足的，不知為何照在腿上的陽光，還是不夠溫暖。他懷疑，輪下有一種關於行動的代溝。

# 剩女

周圍的朋友，比她聰明的沒她漂亮，比她漂亮的沒她聰明。偏偏，她就是找不到可以付託一生的玻璃鞋，按摩椅反而找到她，她認定這張椅子是供奉女主人的男神。

每晚，她放鬆全身，任男神溫柔的指頭，陷入潔身自愛的背脊，來回搓揉令她沉迷在過於舒適的困境，那老往自己身上撫摸的指針，到了時間也忘記停手。

這貼心的男神，使她終於忘記心底有個缺口。

# 搶位子

大風吹，吹什麼？吹穿花裙子的女孩。

她記得母親的笑聲，還有母親的裙子在夜裡壓皺，次日在風中熨平。

母親教她的第一個遊戲，長大後她還在玩。一次又一次，她搶到更高的位子，在巨大銀幕上看女主角旋轉的人生，忍不住率先站起來鼓掌，身邊的人也跟著拍手。

越來越大的掌聲，她轉頭張望，穿花裙子的男生，裙角都有皺痕。

# 沙發土豆

整個暑假，他一直窩在沙發上，硬朗的軀殼在軟綿綿的幻想裡，站不起來。

每天，他賴在沙發的肚皮上啃洋芋片，任螢幕挑逗和吞噬他的思想。眼前的動畫和晚霞，映照一片懶散的黃沙，特寫鏡頭上的人輕如空氣，他和前程，蓬鬆在未來的旅途上，只有三色。

# 歡迎詞

各位女士、先生，歡迎搭乘夢幻787客機由離愁飛往鄉愁。請各位旅客繫好安全帶，並將椅背豎直到無彈性的自由主義被分解出來。從分手至相見是雲層與高霧的距離，飛行時間預計是一顆心跌落地面的時間，飛行高度是夢想的高度，飛行速度以您的慾望來計算。

為了保障飛機導航通訊系統的正常運作，在起飛和下降過程中，請勿使用任何無智的智能電子用品，包括不知誰遙控誰的玩具，和玩上癮就腦殘的遊戲機。

飛機很快就要起飛到理想中的盲點，客艙乘務員將進行思維上的安全檢查。請您坐好，繫好生死繫帶，收起相依為命的座椅靠背和小桌板。請您確認您的手提物品，是否妥善安放在擊落時就在您頭頂上方的行李架內，或伸腿就把臀部踢得開花的座椅下方。

本次航班全程禁菸，在飛行途中請忘記菸的魅力。本次航班的乘務長將協同機上的隱形乘務員們，竭誠為您提供及時周到的服務，謝謝各位乘客。

# 輯六

## 步・履

# 換體
## ——自我實現預言

一個有手、有腳，卻沒有人權的稻草人，被鳥群分解了四肢，散落在地面的稻草，日漸被走成一雙草鞋。

遠離鳥群後，草鞋享受到一種前所未有，殘缺裡的完整。而今有腳，自由多了，但草鞋意識到沒有口還是不行的，便把身上的毛都拔出來，一天天累積成思想的麻布。

很快的，就能說出有智慧的話了，草鞋充滿信心地。

# 矯正器

一個瘸子為了隱藏自己的缺陷，買了一只增高鞋，穿上它去面試，神態自怡，完全看不出任何殘疾。

每天，增高鞋為瘸子增加幾毫釐的信心，說服外界他是正常的，跟得上水的步伐，連弓著的背也忘記曾有過的遺憾。

增高鞋夾在瘸子的腳底和地面之間，摩擦命運多舛，極目遠望河水分歧一端，下陷之地盡是一眼眶的石子，不敢冒犯平衡的高度。

# 奶奶鞋

十個身高不同的人集合在手套裡，撿拾過季的落葉。他們壓根兒不知道外頭流行什麼，只想用光條，把性冷感的臉變得更加清高，把過氣的絲綢，改成走秀的紅毯。

手套裡的人不愛張揚，暗地裡有一種跋扈的悠然，因此引起外界的注意。想脫俗的人湊近來，卻脫不了身，終其一生都走不出平凡的路，眼巴巴看著手套裡的人跨越全球，環遊人生。

# 蹦極鞋

為了攔截風景，我決定跳山。借雲和霧的身影，收藏飽滿的危機。自願面對死神，卻也忍不住腳軟。原以為後腦那根粗壯的繩帶，已經穩穩地勒住玩弄生命的腳跟，怎知一縱身，整個世界就變空了！

滿山的蚊子飛進我的眼裡，大聲呼嘯和嚎叫：啊！沒有停下來的意思！我的身體和叢林，完美糅合於山間純淨的氣息裡。

萬籟俱寂中，我證明了一個事實：自甘墮落，也可以自豪。

# 高跟鞋

## 一、高度

多出來的八公分，我把它捐給那些踮腳觀望的人，這樣他們便能看得更遠、更深入。

一群離開平原的人依賴我偽造信心，雙腳擠在狹窄的渡輪，臉上的笑容在咯噠咯噠聲裡，不提哪根足趾頭高雅地被蹂躪。

總有一天，長毛的小黃也想高人一等，我認為這個世界上，除了腳踏實地，沒有什麼不可能的。

## 二、重點

一支頂著腳跟的牙籤是她迷戀的核心，撐起整個宇宙的心臟。

每天，她練習走路，重複拿捏一個重點，克服一個重點，猶豫的步伐在平衡日子裡往上長高了十幾公分，挺直了腰，看到新生的高處。

牙籤對自己所帶來的轉變而自喜，它想應該還有什麼可以討好主人，思索中，啊，不小心折斷了腰枝。本來已經頂住天空的小腿，可惜回了一下頭，一個重點跳到另一個重點，牙籤悔恨不已。

# 銳跑

她不愛運動，但珍愛一雙腳，不惜花費為它們買一棟防水的房子。這房子的特殊設計在於其不穩定的地基，入住就好比在沙灘上行走，有點吃力地享受徐徐海風，住久了體重減輕了好幾公斤。

她帶著這棟房子走遍天下，用行動來決定地勢，再用地勢來決定行動。走了大半輩子，遇見一個送她新房子的男人，還住不到春季的花開，男人又為別人買了新房子。

她想念那變灰、黯淡的舊房子，被荒廢的牆，皮肉正一塊塊地掉落。

# 拖鞋飯

他跟在八哥的身後，聽橐橐的皮鞋聲，鋪出美滿的生活奏曲。那麼亮麗的人生，誰也沒有想到，他吃的這道菜，一吃就吃了二十多年。

起初他身邊的人都叫他改換口味，他們手指摳向喉嚨的內部，示意不該吞下的都得嘔吐出來。他望著八哥，成就幸福的小鳥，幾乎到達了天堂，吃葷吃素都是有意思的問題。他不能要求別人明白，一個講求平等的年代不能拒絕光，不能讓閒話調入飯裡，變成上味的鹽。

# 白飯魚

中學時期開始，她就愛上這條魚。潔白的魚，樸素的鱗片，一天到晚從一岸游到到另一岸，形影孤單地記錄每一季的白。

畢業後她繼續和魚相依為命，上班的地點在一個斜坡上，避開了繁華的鬧市，也拒絕遠方伸延的目光。

周圍好多繽紛的魚游過來，閃爍潮流的方向，她不願順流而下，眼看自己的魚尾淡然勾出歲月的足跡，世界與她的距離時近時遠。

# 人字男

每次出門，兩根趾頭便一路親吻到目的地，也不忌諱別人的眼光。

他站在一株頂破天空的杉樹下，跺著腳驅除寒氣，腳趾被凍得發白時只能搓手呵氣。不知有多少人，提醒他要注意氣候和禮節，而他聽後總是聳聳肩，說做一個自由的人，本來就是天意。

廣場對面有一群人在示威，他轉身，一撇一捺的追想人之初性本善的道理。

# 後記

若爾・諾爾

籌備這本詩集的那段時間，遇上我人生最艱苦的一次搬家。每一次更換新環境，我期待心境也自然更新。然而這一次我的情緒極度凌亂，規律的生活又得經歷一次動盪和不安。大卡車還沒把家具運過來，新家什麼都沒有，坐在地上寫作很不方便，我需要一張椅子。

這時想起年幼時，寄宿學校的愛爾蘭籍地理老師，用舊木椅做了一個韆鞦，繫在粗壯的樹枝上。椅子的四隻腳被鋸掉了，從宿舍的二樓遠遠望過去，看不到麻繩，只見椅子懸在空中，像童話故事裡的魔椅，在空中搖晃。由於小學生的腳無法碰到地面，被扶上鞦韆後得跟成人一起坐，才能盪鞦韆。因為這緣故，它變成師生和親子椅，某個老師或某個來探望孩子的家長時，一張共坐的椅子。

老師說：「你們要努力，將來要坐上高高的椅子，高過學校後面的山！」

我還記得，坐上去時風從耳邊刷過，陽光透過樹葉來修飾我的頭髮，搖盪時我對地面的人招手，或跟不遠處從宿舍窗口伸出頭來的朋友們喊道：「看哪！我是空中飛人！」那時起，我開始寫日記和學習寫作。

長大後因為想念這張椅子，曾請一位木匠在後院製造類似的鞦韆椅。雖然做出來的完全不像地理老師所造的那張，但青年時期的我，已經能夠一個人坐在半空的椅子上，獨立思考人生問題。好幾次搬家，鞦韆椅沒法搬走，而我已經在文學的家園找到另一個鞦韆。寫寫停停多個年頭的曲折，這裡就不記載了，鏡頭拉到輟筆多年後，因在國外難找到寫漢詩的朋友，只好在網上讀詩，有一天偶然找到吹鼓吹詩論壇，發現那是一個臥虎藏龍之地，寫詩的激情和幻想，漸漸推向另一個層面。

起初摸索散文詩，我找遍海內外有關的讀本，苦苦思索怎樣寫出像樣的東西。不少學者企圖撥開散文詩的迷霧，陳列蘇紹連老師散文詩派之戲劇性、隱形和變形的框架。我對散文詩之愛，濫觴於蘇老師的〈獸〉（《驚心散文詩》，爾雅出版社），這獸的魅力不單以情境逆轉，來製造意想不到的閱讀效果，它蘊藏一種並非虛幻，能直接觸動人心的內涵。繼蘇老師發起無意象詩論後，他寫了〈樣子〉，這是我所知道的蘇老師的第一首無意象散文詩。無意象詩擺脫意象的支架，透過意念鋪設成詩（可參考蘇紹連《無意象之城》），看到這些新現象，我豈能還徘徊在魔幻的路口呢？

驀然，我又回到半空的椅子上，期待有人坐在我的身邊，往地面狠狠一踩，把我推向高空。

但這是不可能的，我必須成長，更深入摸索詩體的特性。我越愛散文詩，越是掙扎，欲寫人所未寫，玩人所未玩的文字遊戲，又何其容易呢？我被禁錮在思索的暗室，努力打破形象和語言的桎梏，不敢說掌握了什麼，只能說大膽嘗試過什麼。跟散文詩廝混了大約有六、七年後，我拋棄了形式和各方面的負擔，任性書寫，感到有一種坦然和真切的自由。

這本散文詩集收錄了世俗的生活碎片、紊亂的哲學反思、人際關係、各類慾念、日常叩問、兩性和LGBTQ社群的心態。原本想把舊作埋葬，但任何蛛絲馬跡皆為創作軌跡，成長的心靈停格，因此也就摘錄了好些舊作。我第一首散文詩〈恆星〉模擬變幻手法，初寫散文詩那時極為重視畫面、時間感和不同層面的交接。那時的創作好比自導自演，拍攝一部部極微影片，輯一的詩幾乎都這樣。在學習過程，我開始重視詩語言，然後是內容創新和主謀人物。輯二的作品為兩性之間的生理、心理和靈裡的交織與幻想。輯三和輯四都是社會現象觀，不同的是輯三注重的是個人或個體行為意識，輯四則是周邊見聞。最後兩輯以家具和日用品聯想之人生和思想觀。

我自小離家寄讀海外，跟父母的關係相當疏遠，屢次搬遷，異鄉變成故鄉，故鄉又成為他鄉，我關注的事越來越廣，越來越複雜。我寫作多以男性心態來觀察，如父權社會裡男人怎麼看待女人（〈女同事〉、〈夾娃娃〉、〈充氣娃娃〉），不同類型的掙扎（〈拖鞋飯〉、〈養生〉）。儘管如此，讀者看到的或許是女性主義，如家用電器在一個家庭裡扮演的角色，與女主人之間的相互作用。本詩集還收集了男女生理與平等問題（〈小解〉、〈孕事〉、圍繞權益（〈入位〉、〈讓位〉、〈上位〉）和有關生命意義的作品（〈紅〉、〈仁慈〉、〈下場〉），兩首在2010年吹鼓吹詩論壇發出無意象詩論期間寫的無意象散文詩：〈他的抱抱〉和〈營養配方〉（後修改為無意象數學詩），還有因貪玩而寫的遊戲詩（〈此刻無價〉、〈歡迎詞〉、〈藉口〉、〈營養配方〉）。

最後，我衷心感謝吹鼓吹詩論壇提供一個優質的學習環境，蘇紹連老師對我的潛移默化，李長青在百忙中撰寫序文。我有一個奢望，盼有意寫散文詩的人和我一起同坐這半空的椅子，我們一起去尋找獸！但願在水一方，我不孓然而立。

以弗3:17-19

語言文學類　PG1894　吹鼓吹詩人叢書36

# 半空的椅子

作　　者／若爾・諾爾
主　　編／蘇紹連
責任編輯／辛秉學
圖文排版／莊皓云
封面設計／海流設計　Flowing Design

發 行 人／宋政坤
法律顧問／毛國樑　律師
出版發行／秀威資訊科技股份有限公司
114台北市內湖區瑞光路76巷65號1樓
電話：+886-2-2796-3638　傳真：+886-2-2796-1377
http://www.showwe.com.tw
劃撥帳號／19563868　戶名：秀威資訊科技股份有限公司
讀者服務信箱：service@showwe.com.tw
展售門市／國家書店（松江門市）
104台北市中山區松江路209號1樓
電話：+886-2-2518-0207　傳真：+886-2-2518-0778
網路訂購／秀威網路書店：http://store.showwe.tw
國家網路書店：http://www.govbooks.com.tw

2017年12月　BOD一版
定價：200元

國家圖書館出版品預行編目

半空的椅子 / 若爾.諾爾著. -- 一版. -- 臺北市 :
秀威資訊科技, 2017.12
面； 公分 -- (吹鼓吹詩人叢書 ; 36)
BOD版
ISBN 978-986-326-495-8(平裝)

831.86 106021300

# 讀者回函卡

感謝您購買本書，為提升服務品質，請填妥以下資料，將讀者回函卡直接寄回或傳真本公司，收到您的寶貴意見後，我們會收藏記錄及檢討，謝謝！

如您需要了解本公司最新出版書目、購書優惠或企劃活動，歡迎您上網查詢或下載相關資料：http:// www.showwe.com.tw

您購買的書名：______________________________

出生日期：________年________月________日

學歷：□高中（含）以下　□大專　□研究所（含）以上

職業：□製造業　□金融業　□資訊業　□軍警　□傳播業　□自由業

□服務業　□公務員　□教職　□學生　□家管　□其它______

購書地點：□網路書店　□實體書店　□書展　□郵購　□贈閱　□其他

您從何得知本書的消息？

□網路書店　□實體書店　□網路搜尋　□電子報　□書訊　□雜誌

□傳播媒體　□親友推薦　□網站推薦　□部落格　□其他________

您對本書的評價：（請填代號　1.非常滿意　2.滿意　3.尚可　4.再改進）

封面設計____　版面編排____　內容____　文／譯筆____　價格____

讀完書後您覺得：

□很有收穫　□有收穫　□收穫不多　□沒收穫

對我們的建議：______________________________

______________________________

______________________________

______________________________

請貼
郵票

11466
台北市內湖區瑞光路 76 巷 65 號 1 樓
**秀威資訊科技股份有限公司** 收
BOD 數位出版事業部

（請沿線對折寄回，謝謝！）

姓　　名：＿＿＿＿＿＿＿＿　年齡：＿＿＿＿　性別：□女　□男

郵遞區號：□□□□□

地　　址：＿＿＿＿＿＿＿＿＿＿＿＿＿＿＿＿＿＿

聯絡電話：(日)＿＿＿＿＿＿＿＿＿＿(夜)＿＿＿＿＿＿＿＿＿＿

E-mail：＿＿＿＿＿＿＿＿＿＿＿＿＿＿＿＿＿＿